Les enfants du Phoenix

Par Fred Ashcroft

Avec la collaboration de Sibylle Bonheur

Ce livre est dédié à la mémoire de Lady Neptune.

River Phoenix , décédé en 1993 , à l'age de 23 ans est un acteur qui marqua toute une génération.Ce conte naïf , mettant en scène River dans une histoire d'amour romantique et tragique lui rend hommage.

River Phoenix disait qu'il avait eu une vision de sa future femme et qu'il devait la rencontrer et se marier avec elle en 2002.Ceci est le point de départ de notre histoire...

Édition : BoD – Books on Demand,
info@bod.fr
Impression : BoD – Books on Demand,
In de Tarpen 42, Norderstedt (Allemagne)
Impression à la demande
ISBN : 978-2-3222-3574-2
Dépôt légal : Juin 2024

Prologue

Il ne reste que des bribes de toi et des fragments de mon âme et c'est par bribes que j'écrirai ta légende ou peut être la votre, car tout aujourd'hui se mélange et devient confus comme les brumes du souvenir dans lesquelles je nage, comme tes vacillements sur cette autoroute sur laquelle tu t'écroules. Ce brouillard d'une manière me paralyse mais d'une autre m'est agréable…

Il n'y aura pas de structure à cette histoire, elle viendra incertaine et vagabonde, comme mon esprit qui aime à se perdre dans le pays de la remembrance. Elle descendra des nuées comme la dernière ode que chanta mon âme, comme le chant du cygne, inachevé et sans cohérence. Elle sera le flot imprévisible de la rivière qui emporte nos vies dans ces autres dimensions ou tout demeure éternel.

Commencerai-je par la fin ou par le milieu d'un songe ou les fantômes d'autrefois viennent murmurer la douce mélodie de ce qui n'existe plus que dans nos mémoires ?

Moi aussi je cherche le chemin de ma maison et de mon passé et tout comme Laura je m'accroche à cette carte postale que tu lui envoyas de l'au-delà …C'est le vestige d'un autre monde, ou la missive venue d'une autre réalité. Et cette route qui n'en finit pas se transforme en rivière infinie ou dansent les ondes de nos âmes qui s'abandonnent à leur destin sans plus ne pouvoir lutter…

Moi aussi je suis devenue la rivière, celle au bord de laquelle je flânais a fini par m'attirer hypnotique dans un autre monde, peut être m'y suis noyée peut-être m'y suis-je seulement rafraîchie mais d'une façon ou d'une autre je voyage toujours dans ses eaux translucides ...

Je me souviens seulement de cet oiseau bleu, cet oiseau de paradis qui voletait au-dessus de ses eaux profondes.

Il m'invitait à l'aventure et sûrement ai-je

voulu le rejoindre, indifférent au risque que je prenais. Mais peu m'importe car dans le fond je sais qu'il n'y a pas de frontière entre la vie et la mort, le rêve et la réalité. L'oiseau bleu m'invitait à sauter dans les nuages qui planaient au-dessus de l'onde mystérieuse. Las de ma solitude et de ma tristesse, j'écoutais ce que sa voix silencieuse me murmurait à l'oreille.

« Saute dans ces nuages et lave toi de tes vies antérieures, plonge dans l'onde et tu renaîtras infinie... »

Je ne me souviens plus du reste, seulement de cette aventure avec ce garçon blond qui apparut à Laura sous une cascade au milieu de la danse des brumes. Ils vécurent la bohème et aujourd'hui encore la poésie de leur rencontre emplit mon âme. Il était un poète, une belle âme et il sut dans ce voyage entre deux mondes la faire danser au fil de ses rêveries. Il l'attendait depuis longtemps dans cet autre royaume et connaissait son visage bien avant de l'avoir rencontrée.

Il y a ces instants d'éternité qui nous hantent et qui font s 'évanouir l'horloge du temps. Malgré les années qui font s'effacer les souvenirs, elles ne peuvent diminuer l'emprunte que l'amour laisse à jamais dans nos cœurs. Quelques secondes comme une fugace étincelle qu'enflamme le tourbillon de nos mémoires et c'est dans la fugacité de ce flash que l'on s'est senti exister.

C'est là que notre divinité se révèle, que le cœur s 'emballe et ressent la fusion avec l'unité.

Il n'y a plus de temps, il n'y a plus d 'espace, il n'y a plus que ce langage de l'âme et cette invitation au voyage dans des dimensions que seuls les initiés peuvent pénétrer. Tout bascule dans le tsunami des émotions, l'être se révèle et renaît du plus profond désespoir. L'inattendu de ces instants laisse le sentiment infini de la magie qui nous entoure. C'est pour ce frémissement de nos âmes, ces quelques instants d 'éternité qui nous foudroient qu'il aura valu la peine d 'exister. Le temps est comme un ruisseau, tu ne peux toucher la même eau deux fois puisque le courant suit son cours,mais la source qui inonde ton cœur est éternelle.

Ce garçon que Laura rencontra dans les eaux de la rivière est dans ma mémoire le gardien d'un autre monde, il est un poète, un philosophe qui lui enseigna la spiritualité et la magie lors de leurs rencontres, il est le prince de sa nébuleuse. Peut-être est-il l'esprit de la rivière, il n'est d'aucun royaume terrestre, mais pour moi il reste ce bohémien qu'elle rencontrait sur les routes d'Idaho. Vous ne le rencontrerez certainement pas en territoire d'Idaho car c'est un Idaho inventé, un Idaho qui n'a jamais existé que dans son cœur.

Un jour, je repartirai au bord de ce cours d'eau, je me laisserai dériver comme Laura sur la rivière qui emmène les voyageurs au pays d'Idaho.

L'oiseau bleu de paradis survole encore et toujours cette mystérieuse utopie née des méandres des psychés fertiles et entraîne les nouveaux venus au royaume de l'enfance et des fêtes sans fin.

Nulle mauvaise reine ne règne plus sur ce monde onirique aux frontières aussi changeantes que la course des nuages. J'attends avec impatience de revoir le séquoia géant qui trône dans la prairie parsemée de tournesols.

Car tout en haut de cet arbre, c'est là que se trouve le paradis perdu de nos jeunes années. Seuls les élus connaissent le code secret pour pénétrer dans cette cabane en haut des arbres. Le voyageur d'Idaho accède alors à ce lieu féerique où l'on peut éternellement revivre les souvenirs d'une innocence ici-bas à jamais perdue, mais ces visions fugaces disparaissent à la première rosée du matin.

Le prince d'Idaho est ce jeune homme blond endormi sur la route, au regard de glace, qui rêve à son enfance évanouie qu'il ne retrouvera jamais que dans ses songes. Il rêve à sa maison qu'il ne retrouvera jamais sur cette terre. Sur cette route qui n'en finit pas, le prince d Idaho rejoint les nuages et emmène Laura avec lui quand la vie est trop douloureuse. Alors à chaque fois qu'elle sent cette angoisse existentielle monter en elle, elle s'endort et retrouve le prince d 'Idaho et son foyer perdu.

Dans ce pays magique, ton seul trésor est ton

cœur et les saumons dansent en remontant les rivières.

Nous sommes tous des bohémiens amoureux des tournesols et nous nous étreignons joyeusement sur les cercueils au moment des funérailles.

Nous nous promenons en peignoir rose et volons des motos.

La corruption de l'argent et de la société s'est depuis bien longtemps évanouie de ce monde hors du temps et de l'espace.

Le prince d'Idaho envole les amours mortes d'un nuage de fumée. Il envoie de temps en temps des cartes postales de ce pays qui n'existe que dans les chimères pour nous dire que sur cette route qui n'en finit pas il y a l'amour et l'espoir.

Comme le prince d'Idaho je vous envoie des cartes postales pour vous conter l'histoire de Laura et de son prince, et j'en reviens toujours à cette route interminable sur laquelle elle dût dire adieu à son passé. Mais j'en reviens aussi à la rivière quand le bitume devient flot.O rivière, tes eaux profondes pénètrent nos âmes et nous ramènent dans les dimensions profondes de nos êtres. La plasticité de tes ondes fait naître en nous le souvenir originel

des eaux fécondes de notre naissance. Comme le fœtus dans le ventre de sa mère, nous revenons toujours en ton sein nous immerger dans ce souvenir immémorial et ce profond et mystérieux silence de ton murmure incessant, comme pour entendre l'écho remontant à la surface de dimensions oubliées.

Tu es l'eau de la source de vie, tu es l'eau de la rivière qui est venue se fondre a elle et mélanger ses larmes à ton flot d'argent. Dans tes ondes, tous les visages de l'humanité se confondent et se mélangent et finissent par se purifier dans la beauté de l'un. Au sein de tes eaux règnent les dieux et les gardiens de la mémoire cosmique, épousant la mouvance et la fécondité de l'harmonie universelle.

O rivière, tes eaux deviennent cascades qui coulent au plus profond de nos mondes intérieurs et ta pureté et ton silence lavent et purifient nos péchés de mortels.

Esprit de la rivière, prince d 'Idaho, certains disent que tu n'es qu'un ami imaginaire mais il m'a bien semblé que tu étais réel quand tu es venu lui parler au plus profond du désespoir. Tu étais son ami le plus intime et le plus proche, celui qui ne l'abandonna jamais et viendra toujours hanter ses souvenirs. Au royaume des âmes, j'ai le sentiment que tu l'attendais et que tu veillais sur elle sur cette longue route solitaire et difficile de l'existence. A chaque fois que je pense à l'histoire de Laura et de son prince, elle semble m'insuffler la nostalgie de ce paradis perdu.

Quand je retourne au bord de cette rivière je ne peux m'empêcher de repenser à Laura et à son prince.Leur souvenir semble encore, malgré le temps écoulé,passait sur les eaux claires .
.Laura était une romantique de nature , une sentimentale , elle aimait rêver au grand amour.Et d'ailleurs peut être l'a t elle plus rêvé que vraiment vécu ?

Laura , avec ses petites taches de rousseur sur le nez, a toujours eu une âme de sauvageonne, d'aventurière et de baroudeuse . Elle rêvait a de grandes aventures et je pense qu'elle en a vraiment vécu. Elle avait ce cœur d'enfant qui me la rendait si attachante et aussi ce goût du mystère et des choses étranges dés son plus jeune age .

Laura était digne d'être aimée et pourtant son cœur fut souvent blessé . Les enfants sont cruels entre eux comme on le sait .La petite fut heureuse et insouciante dans les dix premières années de sa vie mais après les choses se corsèrent .

Arrivée au collège, les autres enfants devinrent cruels avec elle et passaient beaucoup de temps à l 'humilier, à se moquer d elle. Il n 'est pas bon dans ce monde de garder un cœur d 'enfant trop longtemps car il est souvent malmené.Laura se sentait rejetée et ne trouvait pas sa place .Alors elle restait silencieuse face aux moqueries et s 'évadait dans son monde imaginaire .

Elle ignorait qu'un autre petit garçon avait souffert les mêmes épreuves qu'elle dans sa vie en d'autres temps et d'autres lieux.Elle ignorait que leurs âmes étaient liées et qu'un jour ils se rencontreraient d'une façon peu ordinaire.Ce petit garçon blond deviendrait le prince d'Idaho pour Laura.Petit hippie timide , il voyageait sur la route de de ville en ville avec sa famille de bohémiens.Toute la famille s 'était mis en tête de prêcher la Parole de Dieu sur Terre . Ils allaient ,par les chemins et sans le sous , rejetés de tous.Les enfants démunis chantaient dans les rues pour gagner un peu d 'argent et de quoi se nourrir .

Le petit prince d'Idaho , s'adossait souvent seul à un arbre et jouait de la guitare pour oublier la peine et la solitude.

Laura n'était pas encore née que le prince pensait déjà à elle . Il savait qu'il la rencontrerait un jour ou l'autre.Il était un enfant sage et spirituel, une âme ancienne qui connaissait les liens secrets et éternels qui relient les destins.

Laura qui était si heureuse jusqu'à ses dix ans ne comprit pas pourquoi son destin s'assombrit de cette façon . Elle ne savait pas que le matin de ses dix ans , le prince d'Idaho n'était déjà plus.

Laura n'avait pas un seul véritable ami et trouvait réconfort dans la seule affection de sa petite chienne .Elles étaient si liées toutes les deux , un lien qui dura toute une vie, toute la vie de Lady Neptune . Elles étaient si fusionnelles que peut être qu'aucun autre ami ne pouvait rivaliser avec l'amour que Laura avait pour sa petite Lady Neptune .Laura s 'est toujours sentie proches des opprimés et des exclus Elle n'aimait pas les enfants prétentieux qui rejetaient les autres et les mépriser.Tout comme le Prince d'Idaho , elle ne supportait pas de causer la peine et la souffrance à tout être vivant .Elle décida ainsi de devenir végétarienne pour ne pas participer à toute cette peine qu'elle ressentait intensément.

Déjà enfant , Laura aimait beaucoup l'univers des Indiens d' Amérique . Elle ressentait un attrait et une passion forte pour l'esprit des Indiens . Elle ne savait pas à l'époque bien sure qu 'elle était plus qu'une petite européenne , simplement attirée par le folklore des amérindiens .Elle ne savait pas qu'elle avait été princesse indienne dans une vie antérieure et qu elle appartenait à la tribu des Hopis dans le passé ... Lors de son séjour sur les terres indiennes de Monument Valley ,le sable d'Arizona qu'elle frotte sur les paumes de ses mains et sur son visage la pénètre d'une énergie primale , d'une pulsion sauvage dont elle ne peut encore saisir l'origine et l'infini du désert semble parler un langage mystérieux à son cœur ; celui de l'authentique pureté de l'origine de la vie.

Elle ne savait pas que le prince avait voyagé en ce lieu bien longtemps avant elle . Et qu'il avait pensé à elle à l'endroit même ou elle se trouvait à présent.Elle ne savait pas qu 'il avait pleuré en pensant à elle et que ses larmes avaient imprégné la terre du désert .Elle ne savait pas qu'il avait composé cette chanson en ce lieu.Pour elle.Au bord du gouffre de sa propre vie . Au bord du cirque sacré de l'Arizona .Il avait touché ces roches .Il s 'était caché derrière elles et il avait inscrit le nom de son pays là ,derrière ces monolithes de pierre .Peut être qu'elle entendait le chant du prince en ce lieu ou peut être qu'elle se souvenait d'une façon ou d'une autre de lui .Les quelques nuits passées dans le désert firent germer en elle des rêves étranges. Elle se voyait dans ses songes planter des graines de tournesols au plus profond de la terre nue .Et elle voyait toujours le même panneau de l 'état d'Idaho.

Elle ne trouvait aucun sens à ces voyages nocturnes , surtout que l'Idaho n'était pas un état qu'elle visiterait lors de son séjour.Mais comment pouvait t elle en avoir conscience à l'aube de ses seize ans ? Elle n'était qu'une enfant ignorante des secrets qui dormaient en elle.Elle n'était qu'une indienne ignorante des terres de sa naissance et de son don de chamane.

Le prince , était mort depuis bien longtemps et il attendait le bon moment pour prendre contact avec Laura.Il se sentait impuissant de ne pouvoir communiquer son amour .Il savait qu'elle n était pas prête à vivre un telle expérience surnaturelle .Alors il attendait impuissant dans l'ombre d'une éternité que Laura ignorait encore en ces temps la.Il se tourmentait dans la solitude.Il n'était plus qu'âme mais il se savait toujours vivant .Il n'était que passer de l'autre coté , libéré de son corps de mortel .Pour elle.Elle qui devait vivre ses propres expériences d 'enfant .

Laura aimait beaucoup les orques dans sa jeunesse.Elle eut l 'occasion de s'approcher de l'une d'entre elle la sur les plages de Vancouver lors de son voyage sur les terres d'Amérique du Nord .
L' animal , puissant et majestueux semblait attiré par le feu que Laura et ses compagnons

avaient fait sur la plage Il s'approcha d'abord progressivement puis s'échoua brusquement auprès d 'elle . Elle ignorait bien sur qu'elle allait rentrer en contact avec son animal totem , en touchant sa peau rugueuse et en pénétrant le regard de l'orque jusqu aux profondeurs de son âme. Laura vit de multiple constellations luire dans ses yeux .Elle eut l'impression que des ailes de feu dansaient dans son regard et s 'en dégageaient pour venir se frôler à son corps.Les ailes de feu tournoyaient autour d 'elle , la léchant de leur feu puis s 'en éloignant soudainement.Laura vécut cette scène comme un rêve éveillé sans pleinement la saisir .Les orques gardiennes de la mémoire cosmique étaient venues lui adresser un message mais la jeune fille ne pouvait pleinement comprendre le secret des animaux totems et des autres dimensions.Elle rêva longtemps dans ses jeunes années du brave et courageux guerrier qui lui transmettait son pouvoir pour surmonter les épreuves difficiles de la vie .L'orque l'avait reconnue et anoblie comme une princesse guerrière et envoûtait ses songes .

Le prince en véritable esprit de la nature , fils des eaux , esprit de la rivière était venu flamboyer dans les yeux du noble animal pour adresser un premier signe a Laura. Mais Laura avait vu sans voir et sans comprendre .Un jour , elle saurait.

La jeune fille s 'éveilla à la vie bien loin de toute conscience de l'esprit du prince d'Idaho. Elle grandissait avec peine , ne voulant quitter le cocon de l'enfance .Il tournoyait depuis déjà longtemps autour d'elle mais savait qu'il ne pouvait intervenir auprès d elle du moins sans qu'elle en ait eu pleine conscience.Elle n'était pas prête .Elle n 'était pas mure ni assez évoluée spirituellement.Il brûlait de cet amour impossible pour elle, lui l'ange maudit, le poète dont elle ignorait l'existence et le chagrin.Elle aussi de son coté , désespérait de trouver l'amour , elle n'était jamais véritablement tombée amoureuse.

Toujours hantée par ses blessures d'enfance, elle rencontra, par un hasard qui n'en était pas un, une bohémienne dans la rue, près de son université ; celle-ci avait une aura toute particulière, la profondeur de son regard et la lueur qui s'en dégageaient ne la laissèrent douter de de son don. Par un simple contact de la main, elle évoqua un grand amour à venir pour la jeune fille ; elle lui prédit la rencontre d'un jeune homme blond qui bouleverserait sa vie.La bohémienne qui semblait en révéler moins qu'elle n'en savait vraiment ,sous entendit à Laura qu'elle aussi avait un don, sans en trop en dire à la jeune fille angoissée.

Le prince d'Idaho, à cette époque est déjà mort depuis plusieurs années et Laura n'a toujours pas connaissance de leur lien. Mais lui savait bien avant sa mort que leurs destins étaient liés. Il avait en effet eu la vision de sa future femme et en avait fait le portrait. Mais comment lui faire comprendre à elle qui n'était pas encore éveillée, ce lien entre âmes sœurs, entre lui qui était déjà décédé et elle. Elle n'était tout simplement pas prête à en prendre conscience. La jeune fille retrouva un peu d 'espoir dans la prédiction de la bohémienne .Elle s'imaginait bientôt rencontrer ce jeune homme blond , se marier et mener une vie paisible avec lui , construisant une famille dans une maison au bord de la mer qui verrait grandir leurs enfants...Mais la réalité ressemble t elle toujours aux contes de fées ?

Laura la rebelle au cœur tendre est une chamane qui s'ignore encore.La lave des volcans semble brûler dans son âme.

Elle a d'ailleurs toujours autour de son cou ce collier indien avec une patte d'ours en pendentif qu'elle ramena d'Arizona et issu de l'artisanat Navajo. Ce voyage de jeunesse aux États-Unis, a profondément changé sa vie et réveillé la princesse indienne qui était en elle. Laura commence à ce questionner sur les horizons de la mort et du grand tout cosmique.

Le destin n'est jamais là ou l'attend.Laura apprendra cette leçon péniblement.

Pour se libérer de ses angoisses et de sa timidité, et pour anesthésier sa peine , la demoiselle commence à abuser de la drogue .Son père, qui ne comprend ses dérives condamne les égarements de Laura et la rejette .Après une dispute violente,.il la met à la porte de leur appartement .Laura s'enfuit avec sa fidèle Lady Neptune sous le bras, dans les rues sombres de Paris. Après quelques jours à dormir dans les cartons et à faire la manche pour nourrir sa petite chienne, la jeune fille finit par trouver refuge dans un vieil immeuble abandonné.

Désespéré par l'incompréhension à laquelle elle se heurte et par la solitude ,Laura décide un soir d'en finir avec la vie.Elle est prête à passer à l'acte et à commettre une tentative de suicide .Elle dispose de plusieurs boites de pilules qu 'elle se trouve dans la disposition d'ingurgiter.

.Malgré tout , dans son chagrin , elle appelle une dernière fois à l'aide . Elle tente une expérience de spiritisme comme une sorte d'ultime appel au secours , ce qu'elle ignore c'est que le spiritisme attire des entités négatives et pourtant sa première séance remonte à ses 21ans. C'est la qu'elle eut sa première vision du visage de son grand-père dans la lumière blanche pendant un flash de quelques secondes. Son visage était rajeuni et lumineux. Il lui avait murmuré « Et moi tu crois que je ne t'aime pas, moi ! »

Deux années plus tard, l'année de ses 23 ans, l'âge auquel est mort le prince d'Idaho, elle revoit à nouveau son grand- père . Vers l'aube alors qu'elle s'apprête à mettre fin à ses jours,Laura sent tout d'un coup son âme se dissocier de son corps . Oui son âme ! Un corps spirituel , léger et éthérique se détache de son enveloppe de chair .Quelle évidence dans cette éternité pressentie enfin palpée de manière tangible!Elle voit alors apparaître le fantôme de son grand père auprès d 'elle .Elle ne dispose que de quelques fractions de secondes pour l'apercevoir mais le moindre détail jusqu a ses cheveux argentés lui rappelle le grand père de son enfance.Celui ci lui murmure rapidement qu 'il est déjà venu la voir une première fois et lui dit de manière laconique « tu vas bientôt rencontrer ton mari ».Cette vision de son grand-père et ce ressenti de son âme d'une part la sauvent de la mort et d'autre part l'entraînent sur des sentiers mystérieux.Laura se met brusquement à faire de l 'écriture automatique .

Laura écrit des mots qu'elle comprend intuitivement sans vraiment les penser .Elle écrit des textes venus de l 'au delà , des sortes de messages spirituels sur la vie après la mort.

Laura attendait avec impatience ce garçon aux yeux clairs qui changerait son destin.Mais Laura voulait aussi en savoir plus sur son don et sur le Grand Esprit.

Quelques années plus tard, elle décide de retourner en terre d'Arizona sur la trace d'un puissant chaman qui saura la guider dans cette initiation. Moi Aleka , je rencontrai Laura dans une réserve Navajo non loin de Monument Valley, cette rencontre aura le parfum d'un songe. Nous resterons seulement trois jours ensemble, le temps que son âme se souvienne de sa vie antérieure et de la réalité de l'éternité.

Moi Aleka, en suivant les rituels traditionnels, lui fais ingurgiter par trois fois des champignons hallucinogènes pour accéder au monde de la vision.Elle reviendra à tout jamais changée de ces voyages dans les mondes parallèles. Dans un état de transe qui ne durera que quelques secondes mais dans lequel elle perds le contrôle d'elle-même, survient le souvenir de cette vie antérieure si douloureuse et si vertigineuse. Laura a toujours ressenti qu 'elle portait le souvenir d'une humiliation et d'une culpabilité et d'une mort sacrificielle.

C'est alors que cette voix surgit de ses entrailles et délivre un secret venant du tréfonds de son être et de l'univers : « Je suis la guerrière du Phoenix » Si cette révélation lui parait très étrange au premier abord, elle la délivre d'une grande souffrance intérieure. Son regard brille d'un éclat lumineux.

L'étincelle divine semble habiter de nouveau en elle et l'envahit d'un profond sentiment de joie. Moi le vieil Indien, qui connaissait depuis longtemps les rouages de son destin, lui explique alors qu'elle est une prophétesse et que ses expériences ne sont pas le fruit du hasard. Je lui explique que la guerrière du Phoenix,connue comme la gardienne de la mémoire de l'âme chez les amérindiens, bien loin du mythe que l'on a construit autour d'elle, est avant tout une chamane qui a compris les lois énergétiques qui régissent l'univers. Je lui explique qu'elle est revenue pour éclaircir ce message étouffé par les légendes et lui prédit qu'elle délivrerait le message du Grand Esprit dans un livre : le

Phœnix de nos âmes. M' interrogeant sur le choix de ce titre , je lui répondis qu'un jour elle rencontrerait le plus puissants de ses esprits alliés le Phœnix qui activerait pleinement ses pouvoirs .

Je lui donne une dernière fois une dose de champignons sacrés. C'est à ce moment là que Laura atteints l'illumination, cette expérience décrite par beaucoup de grands mystiques ; la lumière divine emplit littéralement son âme et son être tout entier.Elle est cette lumière et elle fusionne avec elle dans un sentiment de rayonnement éternel Laura est l'Un et Tout à la fois dans cette lumière et dans cet état de profonde béatitude et harmonie qui emplit son être pendant plusieurs heures.Elle ressent la fusion et l'interconnexion de tout le vivant sur Terre et dans l'univers. Elle fait partie à présent des éveillés qui ont compris la loi de l'univers, je sais que ce lien avec la lumière est indéfectible et elle illumine à jamais son âme. Elle commence à écrire la Parole du Grand Esprit dans son livre le phœnix de nos âmes qui prend peu à peu forme.

Elle n'a plus d'enseignements à recevoir d'un

vieil Indien comme moi mais Laura gardera toujours un profond attachement pour moi même si nous nous revîmes jamais dans ce monde.Elle m'envoya plus tard cette lettre qui fait couler mes larmes aujourd'hui bien des années après que tout cela fut arrivé .

Laura repartit reprendre le cours de sa vie dans la lointaine et vieille Europe.Riche de toutes ces nouvelles expériences , Laura se sentait épanouie et sur la voie du bonheur. Elle attendait de rencontrer son mari comme son grand père lui avait prédit quelques années plus tôt...

Mais Laura a-t-elle oublié la vision qu'elle avait eu de sa vie sous l'influence des champignons sacrés ? Ce tableau devenu mouvant, qui s'obscurcissait d'ombres, une jeune fille, la tête baissée et accablée de peine dissimulait son visage. Une silhouette s'animait et prenait l'apparence de sa mère qui sera,malgré des moments d'incompréhension,dans sa vie son plus fidèle soutien au même titre que la gardienne de son âme , sa fidèle Lady Neptune. Mais malgré les ombres, la lumière étincelait pourtant au bout de ce chemin évanoui. Mais a-t-elle oublié cette séance de spiritisme ou le mot trahison était apparu ? Et pourtant Laura a foi en l'avenir et en son grand-père qui lu a prédit qu'elle allait bientôt rencontrer son mari. Et pour elle, cela ne pouvait être qu'un homme encore de chair et de sang .

Le rêve se brise lorsqu'elle a soudain le ressenti que ce garçon qu"elle attendait naïvement depuis des années est mort depuis bien longtemps.Dans sa pureté et son innocence, elle pensait qu'il viendrait dans sa vie comme la bohémienne le lui avait prédit. Laura est seule dans son chagrin avec sa petite chienne Lady Neptune qui tombe bientôt malade.

Sur le point de mourir par des excès d'alcool,dans un état modifié de conscience, Laura voit son deuxième animal totem surgir hors de sa poitrine. Il s'agit d'un grand et majestueux phœnix aux ailles flamboyantes. Et là lui parvient une mélodie lointaine dont les sonorités lui apparaissent soudainement familières. Il lui semble reconnaître le thème du film Brazil. Ce son provient d'une voix masculine qu'elle ne connaît pas à première vue. Sans jamais y avoir prêté attention auparavant, il lui semble reconnaître ce timbre de voix mais pourtant elle l'entends comme pour la première fois.

C'est la voix du prince d'Idaho. Cet artiste maudit est mort bien des années auparavant. Cette chanson revient sans cesse dans sa mémoire. Et ses paroles la captivent et la réconfortent. Sa vulnérabilité et sa sensibilité la touchent profondément. Il lui semble reconnaître et percevoir les fêlures de son âme comme le reflet de ses propres fêlures. Il lui semble reconnaître le prince d'Idaho littéralement. La jeune femme parcourt l'œuvre laissée par le prince et se sent soudainement entraînée dans un univers étrangement familier. De nombreuses similitudes entre son histoire personnelle et la sienne font jour. Le rejet subi dans sa jeunesse, les abus physiques dont il fut victime comme sa fuite dans les drogues et l'alcool pour les oublier la ramènent à son propre parcours. Les pouvoirs de chaman et de medium du prince d 'Idaho la fascinent tout autant.

Il avait lui aussi eu accès à des révélations mystiques sous l'emprise de plantes sacrées et faisait partie des éveillés. Le chiffre 3, celui de la sainte trinité, revenait sans cesse dans ses dates de naissance et de décès, sa configuration astrale était étrangement proche de la sienne et surtout lui aussi était né sous la constellation du Phoenix. Le prince d'Idaho réconforte son cœur brisé. Lady Neptune est malade et son livre pour l'instant ne rencontre aucun succès. Tout s'écroule autour d'elle brutalement.Si le phœnix apparaît à ce moment de sa vie ou tout se disloque , serait-il la promesse d'un jour renaître?Mais ou donc? En cette vie ou ailleurs?Vient le moment ou le Prince d'Idaho apparaît enfin, quatre mois après cet étrange hasard qui l'avait mis sur sa route. Noyée dans la drogue et l'alcool,Laura sent sa mort comme celle de sa chienne arriver. Le prince d'Idaho lui semble être la seule personne à laquelle se raccrocher. Elle connaissait leur proximité d'âme mais n'avait jamais envisagé sa venue. C'est alors qu'elle le voit pour la première fois.

Le prince d'Idaho se tient à côté d'elle dans l'obscurité. Elle peut voir se dessiner dans l'ombre la perfection de ses traits réguliers. Ses cheveux mi longs et blonds lui confèrent une aura angélique. Son regard bleu et froid plein des fêlures qui l'avaient tant interpellée semble empli de mystère. Elle ne le voit d'abord que de profil.

Elle évoque avec lui le souvenir de son douloureux premier amour et lui demande si sa véritable âme sœur avait bien fait naître cette première blessure qui s'imprima sur son cœur. Il reste silencieux mais quand elle l'interroge :

«Et moi,m'aurais-tu aimée ? », il se retourne face à elle et dans ce regard de glace, au premier abord froid et plein de blessures, surgit la chaleur d'un amour inconditionnel qui la trouble profondément.

Elle se réveille en sursaut à l'aube, pensant d'abord à un rêve malgré le sentiment de réalité qui émane de cette première vision.

Alors qu'elle se questionne sur la réalité de cette apparition, au moment où elle regagne sa chambre, sur le pas de la porte, Laura entend un bruit sec provenir de la pièce. C'est là qu'elle voit une carte postale, qui était coincée en haut d'une étagère littéralement être déplacée dans les airs sur cinq mètres et être déposée au pied de son lit à l'autre bout de la pièce.

Sur cette carte de Noël que lui 'avait donnée sa mère, il est écrit « Laura, tu es une fille pleine de surprises dans cette grande aventure qu'est la vie. Je te souhaite que tous tes rêves se réalisent. Je t'aime maman. » Laura n'a jamais assisté à un tel phénomène mais elle ne s'en étonne pas car elle sait que les esprits peuvent déplacer des objets .Et elle devine que c'est le prince qu'il lui a envoyé ce message d'espoir.

Cela lui rappelle étrangement un épisode de la vie du prince d'Idaho ou celui-ci, perdu et isolé dans le gouffre de l'existence, n'avait qu'une carte postale envoyée il y a bien longtemps par sa mère à laquelle se raccrocher.

Quelques jours plus tard, le prince d'Idaho réapparaît en vision. Cette fois le doute n 'est plus possible.

Il semble que Laura a des dons de medium que les bohémiennes à plusieurs reprises, avaient décelés chez elle et ils se confirment à nouveau. Laura dormait, ou plutôt son corps physique sommeillait lorsqu'elle a la sensation à un moment donné qu'on lui chatouille la main. Elle sent alors son âme s'éveiller et se voit littéralement dormir avec les yeux de l'âme.Elle ressent une présence dans son dos, c'est ainsi que le prince d'Idaho manifeste sa venue.

Comme à chaque fois, elle n'est jamais réellement prête à vivre ce genre d'expériences avec l'autre monde et exprime télépathiquement pour toute réponse ;« j'ai peur de te voir ».Il y a à ce moment-là une sorte de projection dans l'astral, et elle se retrouve alors face à face avec le prince en corps éthérique. Celui-ci a les cheveux blonds et mi longs, un pull rouge vif en grosse maille de laine avec des motifs tricotés en relief torsadés et un pantalon de haute qualité en noir, fait de coton et polyester lui assurant un beau tombé avec une magnifique coupe droite alors qu'il portait une veste verte en tweed à sa première venue. Le voir dans de tels détails la fascine au plus haut point ; elle reste subjuguée par sa prestance.

Cette rencontre semble aussi étonnante que naturelle. Émerveillée par cette vision, elle lui dit télépathiquement « tu es un ange, tu es un enfant de Dieu », le prince répond simplement ; « toi aussi tu as bien changé ». Ce qui donne à penser qu'il l'observait depuis bien longtemps depuis l'au-delà. Elle lui demande alors

« comment savais-tu que ton œuvre artistique me toucherait autant ?».

Le prince qui se tient en corps éthérique a quelques centimètres d'elle, s'éloigne et se tourne la tête penchée, comme s'il gardait un secret. Il revient à elle, elle a juste le temps de lui dire « tu es mon ange » et il s'élève vers le haut en murmurant « as-tu oublié le code secret ? Celui qui te permettra d'accomplir ta mission sur Terre ? Cherche-le ! »

Laura a une dernière vision du prince

d'Idaho.Ce fut la plus intense et le moment le plus fort de son existence jusqu'à aujourd'hui.

Elle voit apparaître son visage sur l'écran intérieur de son âme, un visage éthérique mais bien vivant.Il n'avait pas la même apparence, ses cheveux étaient plus courts, il avait ce petit sourire timide et ce regard malicieux et affectueux. Éberluée, elle regarde d'abord son visage qui se dessine sur son écran mental puis plonge dans son regard comme au fond d'un océan qu'elle connaît depuis toujours. L'émotion qu'elle éprouve alors est le plus intense sentiment d'amour qu'elle ressentit de sa vie entière. Elle se sent fusionner dans ce regard, elle se sent vivante comme jamais dans ce monde ; en quelques secondes elle goûte à l'éternité, elle comprends que l'amour qu'elle attendait depuis si longtemps n'était pas un premier amour terrestre mais cet amour éternel qui lie les âmes, cet amour divin et pur.

La citation de Paolo Coelho prend tout son sens « Les rencontres importantes sont planifiées par les âmes bien avant que les corps ne se rencontrent » Il s'agit de la rencontre de deux âmes sœurs qui se sont données rendez-vous au bon moment pour se reconnecter.

Une âme sœur est morte pour guider l'autre, l'une attendait l'autre pendant qu'elle se trompait de destin.

Treize années séparent leurs dates de naissance marquées par le chiffre de la trinité, le 3. Le prince d'Idaho est mort à vingt-trois ans. Laura a frôlé la mort et a vu ses dons médiumniques se réveiller au même âge. Elle est la femme dont le prince d'Idaho avait eu la vision mais la connexion ne s'arrête pas là. Tous deux sont liés par une mission divine et la volonté de servir la Lumière révélée à travers la prise d'hallucinogènes.

Selon des parcours totalement différents, les deux âmes semblent se confondre dans le même cheminement ; la mère du prince d'Idaho s'est réveillée de sa vie de clone sans âme manipulée par la société à l'âge ou son fils est mort. Les parents du prince ont tous les deux eu des visions sous plantes sacrées qui leur ont révélé la Source, leur parcelle divine, tout comme Laura qui eut la révélation de sa vie antérieure et la vision de la lumière blanche. Le prince d'Idaho a connu la lumière divine dès sa plus tendre enfance, élevé dans les valeurs christiques mais aussi dans l'humiliation et la misère et n'a jamais perdu foi en la bienveillance du cosmos.

Laura s'est réveillée à 23ans grâce à la visite de son grand-père mais c'est l'illumination et la révélation de sa vie antérieure qui l'ont totalement rendue consciente. Et c'est là qu'elle put écrire son livre.

Le prince d'Idaho, abusé dans une secte alors qu'il était enfant, vient à la réincarnation de la guerrière du Phoenix pour lui montrer qu'il a foi en elle et qu'une armée d'anges est à ses côtés. Comme lui elle connut des abus, une famille dysfonctionnelle, l'addiction et le rejet social. Comme lui, elle s'éveilla à l'amour, à la paix universelle et au chamanisme. Elle ne chercha pas Dieu dans les églises mais dans les expériences à la frontière de nos réalités. C'est là qu'elle comprit que derrière les fables et les légendes, se cachait une vérité authentique, celle du Grand Esprit. Elle comprit que dans cette vie antérieure, elle était juste une chamane hopi qui avait expérimenté la loi de la lumière.

Elle l 'avait exprimé à travers des symboles, une liturgie et des rituels pour la faire comprendre au peuple à qui il fallait une vérité plus accessible. Elle était une « Natural mystic » comme le prince et ses parents, une enfant indigo incomprise de ce monde et isolée au milieu de faux croyants et d'athées. Comme Siddhârta Gautama voit tous les visages de l'humanité se mélanger dans les ondes de la rivière en un seul flot, l'onde du fluide universel rayonnant mélange nos âmes de la même façon dans « l'Universal mind ». Le Prince d'Idaho est venu révéler qu'il avait foi en elle et l'aiderait à travers un code secret à faire passer le message d'amour de la Source dans le monde mais les événements ne se déroulèrent pas de manière aussi évidente et aisée.

Suite à la venue du Prince d'Idaho ,Laura ressent la présence d'esprits malins autour d'elle. Elle comprends qu'en sombrant dans le whisky et la drogue, elle va mourir sans avoir accompli sa mission.

Laura s'interroge intérieurement, « dis- moi mon Prince d'Idaho, quelles sont les raisons de ces visites ? Y a-t-il des esprits malins comme le revers d'une médaille à ce genre de connexion et à cette mission divine ? Car après tout à chaque lumière correspond une dose de ténèbres. Et je ressens tellement de lumière à chaque fois que je te parle et que tu m'apparais, mon prince, que je ne peux pas m'empêcher de penser que l'obscurité est présente autour de nous.

Est-ce normal de ressentir cette crainte ?»

À peine a-t elle formulé cette pensée envers lui que le téléphone se met à sonner vivement. Elle reste tétanisée, le laissant donc sonner à plusieurs reprises. Elle reprends ses esprits et ses forces en se disant qu'elle devait rêver. Elle décroche le combiné et d'une voix sûre et forte dit « allô ! »

Et là, le silence pendant quelques secondes. Elle entends une sorte de musique à la fois douce et inquiétante, une sorte d'orgue d'église un peu funeste mélangé avec un gong provenant des bols tibétains comme ceux utilisés dans la méditation. Mais elle se rends compte que la consonance des percussions résonne d'une façon inquiétante et lui donne un frisson qui parcourt son âme. Elle reste ancrée sur cette mauvaise impression lorsqu'elle entends une voix masculine prononcer des paroles dans un dialecte qu'elle ne connaît pas. Puis sa voix semble se transformer en quelque chose d'autre avec un genre d'écho et un ton grave et profond. C'est assez indescriptible car cela lui fait penser à une sorte d'incantation. Dès que cette personne reprend un ton assez mécanique d'une volonté d'invoquer quelque chose et parle de façon plus rapide et insistante, elle comprends sa mauvaise intention et raccroche le téléphone. Elle est en panique.

Mais qui pourrait lui vouloir du mal dans l'au-delà ?

Ce coup de téléphone funeste serait-il la forme d'une conspiration malfaisante venue de l'au-delà ?

C'est un événement figé comme la prise d'une

photo.

Elle repense à cet événement et à cette phrase du prince d'Idaho qu'elle avait lu dans ses mémoires.

« Une photo peut voler ton âme »

.c'est alors qu'elle fait le lien avec ces photos de sa grand-mère et d'elle- même qu'elle récupérait quelques années plus tôt et plaçait dans sa collection personnelle. Leurs rapports s'étaient beaucoup dégradés suite à des tensions familiales et elle sait de source sure qu'elle gardait des rancunes à Laura de ne pas l'avoir revue à la fin de sa vie alors qu'elle était malade.

La peur l'anime . Laura se saisit des photos et les brûle. Sur chacune d'elle sa figure brûle en premier. Instinctivement, elle se saisit de ses bijoux indiens qu'elle conservait depuis des années dans une boite offerte par sa grand-mère qui contenait aussi la prédiction de la bohémienne. Sur le coup, elle ne prête pas plus attention que cela à ce détail. La patte d'ours qu'elle porte à nouveau à son cou réveille en elle son âme de guerrière. Elle est prête à lutter contre ces forces négatives qui empêchent le prince d'à nouveau lui apparaître, rendent sa chienne malade et empêchent la réussite de son livre. Elle veux d'abord retrouver son amulette en forme d'orque car lorsque on perd son animal totem notre pouvoir est grandement affaibli dans l'univers chamanique. Elle a beau fouiller l'appartement, elle ne la retrouve pas. Peu à peu elle prends conscience que cette personne décédée a depuis sa mort était à l'origine de tous ses ennuis car elle avait de mauvais jugements envers elle et elle est partie avec ce sentiment de haine et de rancœur qui peuvent conduire à l'exposer à de la noirceur.

Les relations familiales se sont tendues dans la même période, Laura pense que la famille toute entière est possédée. Un prête exorciste vient le lui confirmer. L'exorciste lui confirme qu'il faut à tout prix ôter sa patte d'ours et l'autre collier qui ont été chargés de l'énergie de la grand- mère en séjournant dans sa boite. Il en est de même de la prédiction de la gitane et qu'il faut la brûler.

Avant d'ôter cette patte d'ours, une dernière vision funeste pénètre son esprit, l'image de son cousin avec pour seule formule « l'héritier».

Sachant que son cousin était le préféré de sa grand-mère, elle comprends que sa mort est souhaitée par les entités négatives de l'au-delà. Pour consumer tout ce mal, le dernier rituel sera de se faire tatouer un symbole représentant le prince d'Idaho.

Le 14 février , elle formule le souhait d'inscrire une lettre sur chaque doigt de sa main droite. Mais le tatoueur refuse de lui tatouer chaque doigt et insiste pour que toutes les lettres soient tatouées sur un seul doigt. Le prénom du prince d'Idaho se retrouve alors inscrit sur son annulaire droit. Ce tatouage ressemble étrangement alors à une alliance, de plus il est à la main droite, la ou les veufs portent leur alliance.Reviennent à l'esprit de Laura , la vision du prince d'Idaho qu'avait eu de sa future femme, la prédiction de son grand- père et cette alliance que le hasard a placé sur son doigt.

Cette absence de bague est comme l'absence de leurs corps physiques, seuls leurs esprits et leurs écritures les lient pour l'éternité et valent bien toute forme d'expression physique que ce monde peut vivre. C'est une nouvelle forme de lien qui l'unit à son prince d'Idaho. Au métal d'un anneau se substitue la magie de leur union mystique. A la logique du mental, se substitue le mariage spirituel de leurs âmes dans leurs énergies les plus pures et originelles. Son nom sur sa peau, c'est le sceau brûlant d'un amour idéal, à la fois naissant, impossible et éternel. La pensée d'avoir cette forme d'attachement et de sentiments qui s'apparentent à une relation d'amour avec cette personne qui lui apparaît régulièrement lui glace le sang.

Comment est-il possible de tomber amoureuse d'une personne morte depuis bien des années ? L'amour doit

-il toujours être aussi cruel ?

Forcément voué à l'échec car il est déjà parti dans l'autre monde, cela défie toutes les lois du temps et de l'espace. Laura se sent à la fois liée à jamais à lui et à la fois triste de ne pas le voir physiquement pour que leur amour voit le jour et vive dans l'instant présent comme les autres couples de ce monde. Mais Laura se dit qu'elle a de la chance de vivre ce bonheur unique et éternel.

Alors tout à un prix et si c'est là le prix de l'éternité, Laura doit faire la concession de cet amour spirituel qui la rends chaque jour aussi morte que vivante à la fois. Combien de temps cela peut bien-t-il durer ? Elle n'en sait rien, elle ferme les yeux et se dit tant que qu'elle est dans ce monde ,elle sera séparée son prince.
« Mais tu seras toujours auprès de moi pour que je poursuive mon chemin, notre chemin ? Ma route sera parsemée d'embûches mais je resterai forte pour nous deux mon amour. »

Mais la jeune femme réalise avec effarement que ce tatouage,ce rituel chamanique,au delà

de sa seule union avec le prince d'Idaho, consacre aussi l'alliance du ciel et de la Terre en sa personne de prophétesse.

A peine ce tatouage ancré sur sa peau, les cinq lettres de l'alliance se mettent

à rayonner de mille chatoiements lumineux. Laura croit alors avoir dompté les forces des ténèbres par la puissance de ce sceau mais la malédiction ne s'arrêtera pas à cet épisode.

Toujours sous l'emprise d'esprits démoniaques malgré l'intervention de l'exorciste et prétextant s'inquiéter pour sa santé mentale,sa mère la fait placer en institut psychiatrique.Elle sait à

présent que le piège du malin s'est refermée sur elle lorsqu'elle voit le regard du psychiatre s'allumer de lueurs démoniaques. Pendant des années d'enfermement, elle ne reçoit plus les visites du prince en raison de traitements lobotomisants que l'on lui inflige qui brouillent le contact entre les deux mondes.

Après des années d'enfer psychiatrique et d'abrutissement médicamenteux, elle se réveille de sa torpeur à l'âge christique de 33 ans. Hantée depuis des années par le souvenir de ses visions du prince d'Idaho, elle a le sentiment de retrouver une petite étincelle d'âme qui lui fait comprendre qu'elle n'est pas dans l'erreur et que tout ce que elle a vécu a un sens. Elle prends enfin conscience du message du prince d'Idaho qui est de raconter leur histoire.Mais elle ne sait plus à qui se confier .Alors elle décide de m'écrire à moi , Aleka, le vieux chamane qui vous conte en ce moment même leur histoire , au soir de ma vie .

Je sais que la légende du Prince d'Idaho servira de porte d'accès pour faire connaître le premier livre de Laura qu'elle nomma de façon prémonitoire, le Phoenix de nos Âmes. Elle prit le nom d'artiste Laura River en souvenir du prince et coda ainsi le nom et le prénom du prince d'Idaho.

Depuis toutes ces années, Laura avait conscience du code que lui avait transmis le prince mais les jugements et moqueries d'innombrables incrédules l'avaient fait renoncer.

Mais depuis ce temps, ce code biblique la hantait. En effet le prénom du prince d'Idaho est une référence directe au fleuve de la vie qui apparaît dans la Bible au jardin d'éden et a l'apocalypse mais aussi dans la prophétie amérindienne de la Rivière Bleue.

« Et il me montra un fleuve de la vie, limpide comme du cristal, qui sortait du trône de Dieu et de l'agneau. Au milieu de la place de la ville et sur les deux bords du fleuve, il y avait un arbre de vie, produisant douze fois des fruits, rendant son fruit chaque mois et dont les feuilles servaient à la guérison des nations ».

La venue du prince nommé d'après le fleuve de la vie est l'avertissement et le code de la venue de la révélation de la Parole de la source de Lumière sur Terre. Il porte également en second prénom celui d'un des frères de la guerrière Phoenix, Unktehi : l'esprit de l'eau. Et le symbole du Phoenix, la constellation sous laquelle il est né, est celui de la résurrection.

En se fiant à sa révélation mystique sous plantes sacrées, Laura est la prophétesse gardienne de l'âme et le prince d'Idaho est le fleuve de la vie qui va permettre à la révélation du mystère de l'univers dans le Phoenix de nos âmes.

Le seul regroupement qui existe à ce jour en hommage à ce nouveau culte est la cosmic river connection. Le véganisme, la plantation de tournesols et le port d'un peignoir rose sont fréquents dans cette communauté.

Autour du feu de camps, le prince d'Idaho murmure aux étoiles que sa femme lui manque. Les mauvais esprits la retiennent loin de lui dans cet autre monde terrestre ou les médicaments affaiblissent son esprit et ont éteint sa flemme intérieure. Il ne peut plus communiquer avec elle depuis que sa bien-aimée est retenue dans cette camisole chimique. Il sait que Laura est égarée, perdue et sans repère, ne pouvant redonner sens à son existence depuis bien des années maintenant.

Elle ne veut plus vivre, seulement rejoindre cet autre monde ou l'amour éternel et ses amis l'attendent. Toute une vie, c'est bien trop long avant de revoir son amour.

Mais Laura a reçu ce don de dieu d'écrire des histoires et avant de partir elle se doit de conter leur légende et les souvenirs du bon vieux temps. Car oui les jours heureux sont morts ici- bas mais sont éternels dans le temps du rêve. La petite maison rose dans laquelle elle passait ses vacances quand elle était enfant lui apparaît maintenant évanouie dans les nuages. Elle revoit sa petite lady Neptune apparaître à la fenêtre de la maison .derrière des rideaux blancs dans un songe lointain. Il y avait cette même route qui traverse l'Idaho qui menait à cette petite maison.

Le prince d Idaho observe souvent sans qu'elle le sache Laura pendant qu'elle lève les yeux au ciel et se perd dans la constellation du Phoenix

car c'est là que se situe le pays du prince d
Idaho.

Elle sait qu'au-delà de ce seul pays, il y a cette
lumière qui brille pour toujours et pour elle.

Cette lumière blanche aveuglante, elle l'a
contemplée du plus profond de son âme il y a
longtemps déjà. Elle sait que la lumière lui
pardonnera d'abréger sa vie car elle est arrivée à
l'éveil et n'a plus rien à découvrir et à attendre
sur cette Terre. Elle a accompli sa mission
terrestre en écrivant le Phoenix de nos âmes, sa
théorie unificatrice des religions. C'est par la
mort qu'elle se délivrera de la malédiction qui
pèse sur son destin et sur la réussite de son
premier livre. Et c'est la mort qui lèvera le
mauvais sort qui empêche Laura et le prince
d'Idaho de vivre leur amour. Elle sait que le
temps n'existe pas aux royaumes des âmes et
que même si les années ici-bas lui semblent
longues, leur connexion cosmique demeure
éternelle.

Il imagine déjà leurs retrouvailles et leurs
rêveries dans cette grande clairière.

Lady Neptune gambadera autour d'eux
pendant que le prince retrouvera la mélodie de

fire and rain de james Taylor sur sa guitare. Je sais que je reverrai un jour ton visage...Étendus sur l'herbe, non loin du sequoia géant et de la maison dans les arbres, ils parleront de l'Universal mind et de leurs trips sous champignons hallucinogènes. Entre vieilles âmes, ils se comprendront d'un regard car les mêmes rivières cosmiques les ont vu naître.

Les voilà enfin réunis de l'autre côté du miroir, à contempler l'hallucination lointaine de la vie terrestre. Ils vibreront à l'unisson des âmes sœurs dans une cascade de lumière infinie.

Laura est au ciel avec des diamants et tous deux ont accompli leur mission divine.

Ils se sont incarnés séparés par le temps et l'espace pour mieux se souvenir l'un de l'autre. Dans la clairière court un cheval sauvage qui hennit au loin, le prince d Idaho le regarde d'un air contemplatif, Laura sait que ce cheval sauvage c'est un peu de l'âme du prince qui se projette dans l'espace. Alors qu'elle ferme les yeux un moment après avoir bu une gorgée de Earl Grey et en grillant une Winston, le prince d Idaho est à présent vêtu dans un style très new Age et lui présente un petit sac contenant des runes.

Mais le prince sait qu'il n'y a plus de futur pour eux car ils ne s incarneront plus jamais, alors il jette le sac de runes dans les airs en gloussant.

Le prince d Idaho sort maintenant une boussole dont l'aiguille tourne sans cesse. Il lui murmure pourquoi n'as-tu pas suivi plus tôt le chemin de ton cœur ? L'aiguille de la boussole s'arrête directement dans sa direction.

Oui Laura savait que dans la vie tout était signe et que l'univers avait conspiré à leur rencontre. Mais les mauvais esprits avaient su se nourrir de la peur de Laura, en s'emparant de son âme et en poussant sa famille à la faire hospitaliser. Les neuroleptiques ayant déréglé le cerveau de Laura, elle n'avait plus accès à ses visions. Et le discours des psychiatres avait semé le trouble et la confusion dans son esprit.

Pourtant toujours en elle a vécu le souvenir de son prince et son cœur savait qu'il ne mentait pas.

Peu importe tout ceci n'est plus qu'un sombre souvenir dont Laura est libérée à jamais.

Tous deux sont des âmes pures qui ont été sacrifiées du temps de leur vie terrestre.

Tous deux étaient des enfants indigos venus des étoiles, très conscients de l'interconnexion universelle entre l'homme, la nature et l'animal. Cela était fortement inscrit dans leur ADN. Ils voulaient œuvrer à guérir la planète de manière authentique, telles des âmes pures et généreuses, soucieuses d'autrui et gardant l'espoir que l'humanité élève ses vibrations.

Ils n'étaient pas seulement des enfants de Gaia, ils étaient des enfants du cosmos, conscients des spirales des galaxies dansant autour d'eux, des vibrations de la terre et des volcans dont la lave frémissait dans leur âme.

Mais malgré leur spiritualité, tous deux étaient trop fragiles pour ce monde et ne pas destiner à y vivre longtemps. Ils se sont tous les deux noyés dans l 'alcool et les drogues, le prince en est mort tragiquement dans des conditions mystérieuses.

Le prince fut probablement poussé à la mort par le royaume des ombres, (il rêvait que les esprits venaient l'arracher à la vie), qui ne voulait pas qu'un missionnaire de Dieu accomplisse son action. La jalousie d'un petit moineau et de bohémiens le tua mais ce fut un mal pour un bien car depuis une autre dimension il put accomplir ce qu' 'il ne pouvait pas faire sur terre, contacter Laura.

Laura quant à elle n'était pas loin de la mort quand sa famille l'a faite hospitaliser. Et bien des années après c'est la mort qui a encore appelé Laura. Laura s est brûlée les ailes et s'est fait prendre au piège de la psychiatrie qui a a tout jamais fait mourir son âme.

Un proverbe indien dit que ce qui est tragique dans la mort n'est pas tant la mort mais ce qui meurt en-vous de votre vivant.

Et c'est la sombre expérience qui est arrivé à Laura. Mais elle sait que dans l'au-delà, son âme lui sera restituée, guérie des atteintes de la vie terrestre.

Tous deux sont des amants maudits qui ont connus un bien triste destin.

Mais lui comment elle savait que leur mission divine s'achèverait lors de leur résurrection dans les dimensions supérieures et qu'ainsi la dernière croisade s'accomplirait. Le prince d'Idaho s est sacrifié pour attendre Laura dans l'autre monde et pour lui inspirer leur légende.

Et une fois leur légende écrite, Laura n'a plus qu'à le rejoindre.

« La ou est ton trésor se trouve aussi ton cœur. Dieu ne peut être moqué ». Le prince d Idaho chante une de ses chansons préférées « maybe God is a woman too ».

Il sait que lors de son retour la guerrière du Phoenix s'est réincarnée en femme, et cette femme c' est Laura River son épouse. Non elle n 'est pas allée à la mairie se marier avec un mort mais, en souvenirs de ces visions, elle porte en alliance a l'annulaire de sa main droite le nom du prince d'Idaho.Veuf, chacun dans leur royaume, leur amour maudit par le chiffre 13 marquant les treize années qui séparait leur naissance respective, les amants du cosmos réunis par la vision seront au-delà de cette vie ensemble à tout jamais. Les deux chamans s attendent et se ressentent, chacun

frémissant au frôlement de l'autre royaume. L'armée des poupées katchinas monte la garde à leur coté en attendant l'apocalypse.

Seule Laura et ses esprits alliés connaissent l'imminence de la révélation divine. Elle sait que les ténèbres complotent contre elle et les serviteurs de la lumière.Laura conserve des écrits poétiques retenus prisonniers au fond d'un tiroir poussiéreux, en espérant qu'ils soient connus un jour, les écrits mystiques du Phoenix de nos âmes et la légende du Prince d'Idaho.

Ces livres sont comme des bouteilles jetées à la mer et elle espère qu'un jour ou l'autre ils sauront toucher le cœur des gens.

La constellation du Phoenix sous laquelle ils sont tous les deux nés protège leur amour. Le Phoenix est le symbole de leur union mystique et de l'immortalité de leur lien dans l'au- delà.

Il est aussi le premier symbole chrétien de la résurrection du Christ. Dans un processus véritablement chamanique, et dans une sorte de grâce divine, l'eau et le feu ont lavé les blessures de Laura et purifié son âme.

Le prince d Idaho, l'esprit de la rivière, a accompli sa prophétie.Et si les mauvais esprits ont vaincu Laura de son temps terrestre, elle connaît la promesse de l'oiseau de feu et que le juste équilibre sera rétabli depuis l'au delà.

Il lui semble toujours ressentir la lointaine fragrance du sable du désert d'Arizona lorsqu'il vient à elle. Elle n'arrive pas à mettre de mots sur ce ressenti si subtile et indéfinissable.

Il lui apparaît enfin au-delà du voile de la mort ; il se tient devant elle dans ce même halo blanc et rayonnant qui illumine le contour de son corps spirituel que son corps de mortelle ne peut enlacer. Ou commence son corps et ou finit cette lumière si mystérieuse... Voilà que son amant du cosmos vient enfin la chercher pour leur dernier voyage. Il ne s'agit plus d'une rencontre furtive mais de leur union éternelle.

Lorsqu'il devient presque tangible, il pose ses doigts délicats sur son tatouage fraîchement repassé, il y a encore la marque de rougeur autour de son tatouage qui devient rayonnant à son contact. Il se met à sourire timidement. Ils restent là, à se regarder intensément, son regard s'éclaire de plus en plus. Elle sait que maintenant l'éternité s'offre à elle pour contempler la lueur de ses yeux ou commence et s'achève son univers, Puis il lui semble que le vent du désert lointain s'intensifie. Elle porte une robe traditionnelle amérindienne de couleur violette dans un style à la fois épuré et noble. Sa robe de mariage ! au-delà de cette robe, elle voit une dernière fois jaillir son animal totem le majestueux phœnix de son corps subtile au moment de son passage dans l'au- delà ; cet oiseau de feu flamboyant,symbole de de sa résurrection divine. Cette odeur du désert revient à elle. Elle emplit complètement l'atmosphère. Elle se souvient à présent de sa signification ; autrefois, les jeunes indiens épris l'un de l'autre se peignaient le visage l'un de l'autre avec le sable du désert pour exprimer leur attachement devant le Grand Esprit. Seuls les êtres sensibles et discrets qui n'osaient pas déclarer leur amour,effectuaient ce rituel. A son visage de stupéfaction et d'étonnement, il redouble de sourire sans pour autant montrer sa dentition, ses lèvres forment une belle courbe très harmonieuse et remplie de bienveillance. Il acquiesce de la tête

« toi ma flemme jumelle, tu viens t'unir à moi pour ne former plus qu'un seul et éternel oiseau de feu qui viendra se fondre à la constellation qui porte ce même nom consacré et continuera d'étinceler pour les millénaires à venir de son éclat incandescent .

Ils sourient tous les deux. Ils ne peuvent se toucher avec leurs corps physiques que plus aucun d'eux ne possèdent mais ils brûlent d'une énergie commune, celle de leurs âmes qui fusionnent déjà, le vent du désert remplit l'espace et les invite malgré eux à recréer cette atmosphère de promiscuité physique indescriptible. Leurs deux âmes de chamans se réunissent dans ce souffle enivrant à travers ce sentiment d'amour et de compassion dans son degré le plus haut et le plus infini. Voilà le premier parfum du paradis qui vient à Laura et maintenant qu'elle a rejoint son prince, voilà qu'ils s'envolent déjà au-delà de paysages fertiles par- delà des champs rayonnants d'amour.Le phœnix sacré soumet d'un battement d'aile toutes les âmes errantes,récalcitrantes à la lumière , les libérant de l'ombre et leur apportant la paix du divin. Et dans l'envol de leurs corps subtiles, ils oublient qu'ils ne sont plus de sang ni de chair et il lui donne ce tendre baiser, promesse de leurs unions célestes.

Epilogue :le songe de Laura

« Mon prince d'Idaho, parle-moi encore dans un coquillage et partons ensemble dans notre bus Volkswagen. Nous prendrons des routes pour le seul plaisir de les prendre car aucune route ne mène nulle part. Parfois nous nous arrêterons au bord de la mer pour écouter le murmure des eaux et des vents qui pleurent l'agonie de notre mère la Terre. Ou bien encore dans les forêts de pluie, nous irons enlacer les arbres meurtris par les destructions humaines. Nous serons infinis et libres, lavés de toute souffrance et de toute peine procurée par la vie terrestre. Mon âme sera si légère, fluide comme l'onde subtile et nous voyagerons éternellement dans l'univers sans fin que créera notre pensée. Tu gonfleras tes poumons d'hélium et tu me rediras ce que tu m'as dit lors de notre rencontre « J'aimerais avoir une relation profonde avec une femme amoureuse au premier regard » ».

Il lui montrera les portraits qu'il a fait d'elle avant de la connaître et elle de même.

Ils danseront dans la clairière, jouant à se tenir par les mains en se faisant glisser dans les airs. Il lui dira, « tu vois c'est moi qui t'ai vu le premier, j'étais depuis bien longtemps dans les nuages et j'attendais que tu me voies. Tu m'as donné un peu de ta peau en te tatouant mon nom et celui de notre pays comme celui de Lady Neptune. Nous serons par ce rituel magique tous les trois éternellement réunis comme les trois abeilles. »

« Sais-tu que c'est l'anniversaire de notre mariage aujourd'hui nous sommes le 14 février ?», lui murmure le prince d'Idaho. Et sur le gâteau est écrit « Play It again Sam » ce qui la fait sourire tendrement et le prince aussi. Ils ont beaucoup de codes secrets entre eux et cela les amuse beaucoup.

Au moment où ils soufflent les bougies, un ovni passe au-dessus de leurs têtes. Le prince d 'Idaho ne s'en étonne pas et soupire, «je me souviens comme c'était cool quand ils m'emmenaient en soucoupe ».

« Merci sainte mère des UFOS ». Laura ne s'en étonnait pas non plus.

« Après tout tu méritais ce voyage autant qu'un autre dans ces milliards d'étoiles, de planètes, de galaxies et d'univers . » Alors ils se feront une putin de bière et ils mangeront une pizza que le prince leur aura préparé, cela lui rappellera le bon vieux temps avec Lady Neptune et il lui dira « je t'aime jusqu' à la mort. »

«Beaucoup de gens te trouveraient bizarre de parler de soucoupes volantes si tu étais encore sur terre» lui dit elle en ricanant.

«On est tous des aliens un peu bizarres après tout»lui répond le prince dans un soupir et «puis je suis pas bizarre je suis cosmique!».

«Et toi t'étais pas bizarre quand tu tripais avec les champignons hawaïens à faire de la trottinette dans l'école de ta mère , une bière dans une poche de ton peignoir violet? et j'oublie pas la paille dans la bière bien sûr! cosmique! Mais je ne critique pas la paille, elle a permis de sauver lady Neptune quand elle a failli s'étouffer avec un os. Comme tu l'aimes ta Lady. »

« J'étais déjà presque en Idaho en fait

« lui rétorque-t-elle en souriant. » « Oui avec un peignoir rose t y aurais été complètement »lui répond-il.

« Et lady Neptune ta chienne cosmique

qui léchait tes cannettes de bière vides avec sa petite culotte en jeans. » Et Jim Morrison se mêlera à la fête en glissant à Laura «je me souviens de ce temps- là, n'oublie pas que je suis ton professeur psychédélique, tu te souviens quand je te dictais des poèmes et que tu es passé me voir au père Lachaise sous champignons avec ton amie FloFlo ? Putin ça c 'était cool. Je me souviens aussi du bon temps que tu as passé avec ton ami Bryan à Angers. Ah le bon vieux temps.»

Et Kurt Cobain se ramènera en sifflant « ce n'est pas mieux de brûler au vent que de s'éteindre à petit feu ? Whatever nevermind... » Ils feront une partie de poker tous les quatre et le prince glissera à l'oreille de Laura : « tu te souviens du joker que j'ai déposé au pied de ton lit ? Oui c 'était bien moi ! C'était pour t'annoncer que ton voyage en Idaho se déroulerait bien et tu sais bien que je suis un joker. Tu vois j'ai tenu ma Pimkie swear ! » Il y aura aussi son grand-père, il viendra par surprise mettre ses mains sur ses yeux et elle lui dira « c'est qui ?», comme elle faisait quand elle était enfant. Il y aura encore plein de monde à la fête, tous se repentiront de leurs péchés et Laura pardonnera ceux qui l'ont offensée, ils seront tous peace and love.

« Je sais que ta dimension préférée c'est la Pink dimension et que ton âme aime surfer sur ses ondes psychédéliques. »

Mais les enfants du Phoenix se soucient de Gaia et de son évolution alors ils continueront à œuvrer parmi les guides de lumière pour préparer l'ascension de la terre.

Enfin viendra le temps de l'apocalypse, la révélation, et le royaume d'en bas recevra le message d'amour de la guerrière du Phoenix , la gardienne de l'âme.

Et toi , Prince d Idaho tu mêleras ta légende à celle de la guerrière du Phoenix, ton âme liée à la sienne, libérée du cycle des incarnations.